BR OOM
CETTE HISTOIRE…
BRRR
… COMMENCE PAR LA FIN DU MONDE.
FWOOOH

SI VOUS POUVIEZ FAIRE UN VŒU...
N'IMPORTE LEQUEL... ET LE VOIR EXAUCÉ, QUE SOUHAITERIEZ-VOUS ?
PROLOGUE : "LE MONDE X MOI"
LIEU : AMAKUSA
"JE VEUX DEVENIR CHANTEUSE !"
"JE VEUX DE L'ARGENT !"
"JE VEUX VIVRE ÉTERNELLEMENT !"
ON N'A QUE L'EMBARRAS DU CHOIX.
LE MIEN A ÉTÉ UN PEU DIFFÉRENT.

CE QUE J'AI DEMANDÉ IL Y A DE CELA DIX ANS, C'EST...
FLASH
... LA FIN DU MONDE.

01
SAKAE ESUNO
BIG ORDER

BIG ORDER

SOMMAIRE

SECTEUR DE KYUSHU
VILLE D'AMAKUSA
ET C'EST LÀ...
... QU'UN PHÉNOMÈNE MYSTÉRIEUX ET DESTRUCTEUR MANQUA D'ANÉANTIR NOTRE MONDE.
SA CAUSE EXACTE RESTE INCONNUE.

*NDT : FÊTE TRADITIONNELLE QUI A LIEU LE 7 JUILLET OU LE 7 AOÛT.

PSSST
PSSST
TIENS, HOSHIMIYA EST VENU AUJOURD'HUI...
IL A DÛ S'APERCEVOIR QU'IL AVAIT TROP D'ABSENCES.
HÉ, JE VOUS ENTENDS.
PARALLÈLEMENT À LA CATASTROPHE SONT APPARUS...
ORDER
=SUPER-HUMAIN
... LES "ORDERS".
DES HUMAINS AUX POUVOIRS SURNATURELS.
TCHAC
LES DERNIERS CHIFFRES INDIQUENT QU'ILS SONT DEUX MILLE DANS LE MONDE...
... MAIS LEUR NOMBRE AUGMENTE SANS CESSE.

ENCORE RÉCEMMENT À YAMAGUCHI, UN NOUVEL ORDER A PILLÉ PLUSIEURS BANQUES.
ON RAPPORTE QUE SON VŒU AURAIT ÉTÉ D'"AVOIR DE L'ARGENT".
!
ENCORE UN...
VOEU
POUVOIR
DES HOMMES CAPABLES DE TRANSFORMER UN "VŒU" EN "POUVOIR"...
VOILÀ QUELLE EST LA NATURE DES "ORDERS".
BLANG

HMM ? QU'EST-CE QUE TU FAIS, HOSHIMIYA ?
OOOH
JE ME SENS MAL, JE VAIS RENTRER.
QUE ... ?!!
HÉ, HOSHIMIYA !
BROUHAHA
ENCORE ?
BROUHAHA
IL EST VRAIMENT CHELOU, CE MEC.
IL DONNE PAS TROP ENVIE D'ÊTRE SON POTE...
JE NE MENS PAS QUAND JE DIS QUE JE ME SENS MAL.

APRÈS TOUT, LA VAGUE DE DESTRUCTION QUI A FRAPPÉ IL Y A DIX ANS...
... C'EST LE GOSSE QUE J'ÉTAIS À L'ÉPOQUE QUI EN A ÉTÉ À L'ORIGINE...
QUAND IL A SOUHAITÉ LA FIN DU MONDE.
C'EST CE QUE TOUT LE MONDE PENSE.
"LES ORDERS SONT LE MAL, IL FAUT LES CRAINDRE."

ILS ONT RAISON.
VOILÀ POURQUOI JE N'AI PLUS UTILISÉ MON POUVOIR DEPUIS CE JOUR.
HÉ !
DAISY !

TIENS... C'EST TOI, EIJI HOSHIMIYA ?
TOUJOURS UNE TRONCHE À PLOMBER L'AMBIANCE...
DIS DONC !
TU AS ENCORE CRÉÉ DE NOUVEAUX ORDERS ?!
TU PEUX FAIRE LES GROS YEUX, ÇA CHANGE-RA RIEN ...
DAISY...

NOTRE PREMIÈRE RENCONTRE REMONTE À DIX ANS.
ELLE ÉTAIT LÀ, AU PIED DE MON LIT...
AU DÉBUT, J'AI CRU À UNE HALLU-CINATION.
MAIS JE ME TROMPAIS.
C'EST MON BOULOT !
JE NE SAIS QU'UNE CHOSE D'ELLE.
SHHHHT

JE SUIS UNE SORTE DE FÉE QUI EXAUCE LES VŒUX.
C'EST QUE DAISY EST UN ÊTRE CAPABLE D'OFFRIR UN POUVOIR UNIQUE À UNE PERSONNE EN FONCTION DE SON VŒU.

GRIP
JE T'AVAIS DEMANDÉ DE NE PLUS VENIR ICI.
JE VOIS QUE TU NE TE SERS TOUJOURS PAS DE TON POUVOIR ?
...
TU T'INQUIÈTES ENCORE POUR TA PETITE SŒUR ?
!
LAISSE-MOI TE DIRE UN TRUC... TES SOUVENIRS D'IL Y A DIX ANS SONT ERRONÉS.
?

PLUS PRÉCISÉMENT...
... TU N'AS PAS SOUHAITÉ LA FIN DU MONDE.
ET MOI...
FWO
OSH
... J'ATTENDS AVEC IMPATIENCE LE JOUR OÙ TU TE DÉCIDERAS À EMPLOYER À NOUVEAU TON POUVOIR.

Sujet 1 : "MOI X LE MONDE"
Lieu : AMAKUSA

ALORS QU'EST-CE QUE J'AI FAIT COMME VŒU ?
J'ÉTAIS POURTANT PERSUADÉ D'AVOIR VOULU LA FIN DU MONDE ET D'AVOIR REÇU LE POUVOIR DE PASSER À L'ACTE...
JE ME TROMPAIS ?
NON. C'EST BIEN MOI QUI AI CAUSÉ CETTE VAGUE DE DESTRUCTION.
À L'ÉPOQUE, JE VOULAIS ME LA JOUER RANGER DU MAL...
MAIS AU FAIT, C'ÉTAIT QUOI L'HISTOIRE ?
INVINCIBLE RANGER DU MAL !

HÉ, T'ES AU COURANT ?
PARAÎT QU'ON A UNE NOUVELLE AUJOURD'HUI.
BLA BLA
BLA BLA
BLA BLA
SUPER MIGNONNE À C'QU'ON DIT...
SÉRIEUX ?
'Y AVAIT QUE DES MOCHES ICI ! COOL ! ♪
WAH HA HA
BAH, ÇA ME CONCERNE PAS.
ALLEZ, ON COMMENCE.
MAIS D'ABORD, NOUS AVONS UNE NOUVELLE ÉLÈVE.
AUJOURD'HUI AUSSI, JE VAIS RENTRER..
BRRROM
BRRROM

ENCHANTÉE, JE M'APPELLE RIN KURENAI.
RIN KURENAI
RAVIE DE FAIRE VOTRE CONNAIS-SANCE !

TR...

TROP MIGNONNE !
WAOUH !
JE M'ATTEN-DAIS PAS À UN TEL CANON...
HA HA...
J'VAIS PEUT-ÊTRE ENFIN AIMER L'ÉCOLE...
PARDON...

EXCUSE-MOI, TU POURRAIS M'AIDER ?
?!!
MATT
EUH...
QUOI ?!
LA NOUVELLE ? ICI ?
ON EST BIEN DANS LA MÊME CLASSE, NON ?
OH...
ZUT...
ÉVIDEMMENT, TU NE TE SOUVIENS PAS DE MOI.

SI, SI...
TU VEUX QUOI ?
COMMENT NE PAS ME SOUVENIR DE TOI ?!!
EST-CE QU'ELLE M'AURAIT SUIVI ?!!
EN FAIT...
GLOUPS
JE... J'AI EMMÉNAGÉ AU-DESSUS HIER ET...
... MON VERROU EST CASSÉ... JE PEUX PLUS RENTRER ...
JE N'AI MÊME PAS DE PORTABLE...
TU POURRAIS APPELER UN SERRURIER POUR MOI ?

SON VERROU...
OH... OK.
BIEN SÛR. JUSTE UNE MINUTE.
NORMAL... POURQUOI ELLE S'INTÉRESSERAIT À MOI ?
TU ME SAUVES LA VIE.
FRSSH FRSSH
CLAC
PAS GRAVE. AU MOINS, JE LUI AI PARLÉ.

DANS TES RÊVES, OUAIS.
SCHRIIIK
?!!

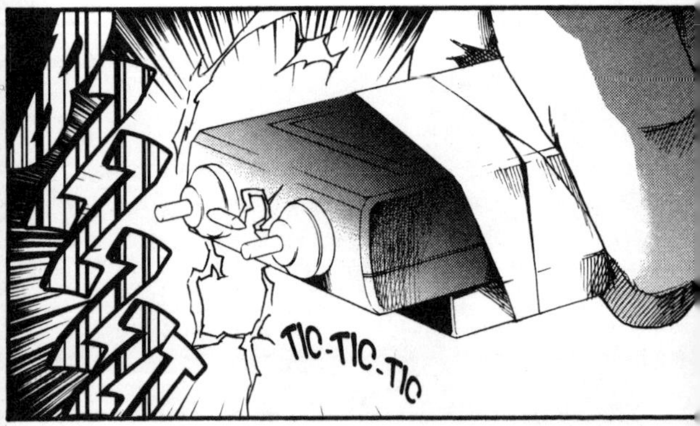
TIC-TIC-TIC

...
URGH...
...
JE SUIS CHEZ MOI ?
TIENS ?
TU ES RÉVEILLÉ ?
QUE... C'EST QUOI, ÇA ?!!

QUE...
QU'EST-CE QUE TU VEUX ?
C'EST VRAI. LAISSE-MOI REFAIRE LES PRÉSEN-TATIONS.
JE M'APPELLE RIN KURENAI.
JE SUIS UN ASSASSIN VENU POUR TE TUER.

ON M'ENVOIE TUER CELUI QUI A DÉTRUIT LE MONDE...
... L'ORDER EIJI HOSHIMIYA.
QUOI ?
ZIIIP
HI HI...
TU TE DEMANDES COMMENT JE LE SAIS ?

C'EST DONC VRAI.
SANS L'ORDRE DE CEUX D'AU-DESSUS...
... JE N'AURAIS JAMAIS PU REMONTER JUSQU'À TOI.
MERDE, ÇA CRAINT...
MES PARENTS ...

... ONT ÉTÉ TUÉS LORS DE LA GRANDE DESTRUCTION D'IL Y A DIX ANS !
ILS ONT ÉTÉ PRIS DANS UN INCENDIE !
JE DOIS DONC VENGER LEUR MORT EN TE TUANT.
JE VOULAIS TE LE DIRE...
... AVANT DE T'EXÉ-CUTER.
S-S-S-STOP !

!!!
SCHLING
AAA-ARGH
...
MES... MES MAINS...
SCRR
SCRR
ÇA...
C'EST ATROCE !!!

MA MÈRE EST MORTE BRÛLÉE VIVE...
MON PÈRE EST MORT ÉTOUFFÉ PAR LES FUMÉES ALORS QU'IL SE PORTAIT À SON SECOURS ...
MAIS L'HEURE DE LA VENGEANCE A SONNÉ !
CRRR CRRR
AH ...
DIRE QUE JE CROYAIS QUE C'ÉTAIT MON JOUR DE CHANCE...
!!!
AH !
AA-AH !

CRÈVE !
LA FILLE DONT JE SUIS TOMBÉ RAIDE DINGUE VEUT MA PEAU !

SLASH
AT...
AT-TENDS !
C'ÉTAIT UN ACCIDENT !
JE NE VOULAIS PAS...
ELLE... ELLE VA ME TUER !
DZZZ
FWOSH

BOM
URGH ...
OUA-AAH ?!!
?!! J'AI RIEN FAIT DU TOUT...!
MON POUVOIR S'EST DÉCLENCHÉ TOUT SEUL !
CE SERAIT UN ACCIDENT ?
KABLAM

WOW!
DASH
AA-AH!
UA-AAH!
SHTOK

MERDE !
MERDE !
MERDE !
JE NE VOULAIS PLUS BLESSER PERSONNE !
JE NE VOULAIS PLUS UTILISER MON POUVOIR !
POURQUOI IL A FALLU...
... QU'ELLE VIENNE ME CHERCHER ?

J'AI ENCORE FAIT DU MAL À QUELQU'UN...
ALLÔ ?
OH !
C'EST TOI, EIJI ?
QU'EST-CE QU'IL Y A ?
SI TU VEUX PARLER À TONTON, JE CROIS QU'IL EST EN CONSULTATION.

NON, SENA...
JE SAIS PAS POURQUOI, J'AI EU ENVIE D'ENTENDRE TA VOIX, COMME ÇA...
ZUUN
JE NE SUIS PAS TRÈS LOIN, JE VAIS PASSER TE VOIR.
AH OUI ?
JE VAIS T'ATTENDRE DANS LE HALL D'ENTRÉE.
ENTENDRE LA VOIX DE MA PETITE SŒUR...
... M'A LÉGÈREMENT CALMÉ...
ZAT
BRRR
BRRR
BRRR
ÇA VA ALLER...
JE VAIS ME REPRENDRE...

J'EN PROFITERAI POUR FAIRE SOIGNER MA MAIN...
HÔPITAL GÉNÉRAL HOSHIMIYA
MÉDICINE GÉNÉRALISTE - CHIRURGIE

外科
東館

T'AS PRIS TON TEMPS.

MAIS COMMENT ...
REMETTONS À PLUS TARD LA QUESTION DE SAVOIR POURQUOI JE SUIS EN VIE.
LA QUESTION, LÀ, C'EST PLUTÔT TON POUVOIR INDÉTERMINÉ.
JE ME SUIS PERMIS DE PRENDRE UNE ASSURANCE.
EI...
EIJI ?!!
SENA...
ELLE N'A RIEN À VOIR AVEC ÇA !
RELÂCHE-LA !
DING
MAIS JE VAIS LE FAIRE.
SUR LE TOIT.

SEULEMENT...
... SI ON NE LA SOIGNE PAS RAPIDEMENT, ELLE VA MOURIR !
NON !!!
DASH

BADAM
EN FACE AUSSI ?!!
QU'EST-CE QUE L'ARMÉE VIENT FAIRE ICI ?!!
NON, C'EST PAS LE PLUS GRAVE.
ELLE EST CENSÉE ÊTRE MORTE, MAIS ELLE VIT TOUJOURS !
EST-CE QU'ELLE SERAIT...
DASH
RA TA TA TA TA
POURRI-TURE !!!

TOUT JUSTE ! UNE ORDER !
POUF
DAISY !!!
NIIIH

RIN KURENAI A PERDU SES PARENTS DANS LA CATASTROPHE D'IL Y A DIX ANS.
ELLE-MÊME A ÉTÉ BRÛLÉE AU POINT DE FRÔLER LA MORT.
WIIIIIIN
LE VŒU QU'ELLE A FAIT FACE AU DÉSESPOIR DE LA MORT...
DZZZ
DZZ
... C'EST DE RENAÎTRE !
ORDER !
BAFF

REVERSE FIRE, LA FLAMME RÉGÉNÉ-RATRICE !!!
OM

FWOO
ZOM ZOM
ENSUITE ...
... ARMÉE DE SON PUISSANT POUVOIR DE RÉGÉNÉRATION, RIN KURENAI EST DEVENUE IMMORTELLE.
TSCHHH
IMMORTELLE ?!!
DING
KLANG

QUE VAS-TU FAIRE ? TEL QUE TU ES LÀ, TU NE PEUX PAS BATTRE RIN.
DESCENDRE REVIENDRAIT À TE JETER SUR LEURS FUSILS.
EN HAUT !
EN HAUT, C'EST RIN QUI T'ATTEND.

CE QUE JE VAIS FAIRE ?!!
JE NE PEUX PAS ABANDONNER SENA ICI...
DAISY...
POURQUOI TU RÉAPPARAIS DEVANT MOI ?
JE TE L'AI DIT. J'ATTENDS DE TE VOIR UTILISER TON POUVOIR.
BADAM
!
TON VŒU EST TROP MARRANT POUR ÊTRE OUBLIÉ !
DASH

EIJI HOSHIMIYA ...
... J'AI LIMITÉ L'ÉTENDUE DE TON POUVOIR À 1/10 000E DE SES POSSIBILITÉS !
!
ÇA DEVRAIT AU MOINS T'ÉVITER DE RÉITÉRER TA PERTE DE CONTRÔLE D'IL Y A DIX ANS.
SI TU NE PEUX PAS T'EN RAPPELER...
... ESSAYE DE L'UTILISER.
MON POUVOIR...
URGH ...

!
NON !!!
FWOOH
JE N'UTILISERAI PLUS CE POUVOIR !
FWOOH
JE ME LE SUIS JURÉ !!!

FLAP
FLAP
!
FLAP
FLAP
FLAP

TU AS EU DU COURAGE.
MAIS C'EST L'HEURE DES ADIEUX !
UN HÉLICO ?!!

ZUT...
JE POURRAI PAS ÉCHAPPER À UNE MITRAILLEUSE !
RAPPELLE-TOI !
À L'ÉPOQUE...
J'AIMAIS LA SÉRIE TÉLÉ LE RANGER DU MAL.
MAL

MAL
LE BUT DE CE RANGER DU MAL...
... ÉTAIT DE METTRE LE MONDE SOUS SA COUPE.
ENNEMIS
ENNEMIS
À CAUSE DE ÇA, TOUT LE MONDE S'OPPOSAIT À LUI...
... MAIS SON OBJECTIF RÉEL ÉTAIT AILLEURS.
LE RANGER DU MAL VOULAIT CONTRÔLER LE MONDE POUR Y INSTAURER LA PAIX.
JE RÊVAIS DE DEVENIR COMME LUI.
FLAP
ALORS J'AI SOUHAITÉ...

JE VEUX DEVENIR LE MAÎTRE DU MONDE !

BOM
ÇA ME REVIENT...

FLAP FLAP
FLAP FLAP
FWOOOH
FINALEMENT, ON NE SAURA PAS QUEL ÉTAIT SON POUVOIR.
C'EST PAS COMME SI C'ÉTAIT UN PROBLÈME.
FWOOH
HMM ?

...
FWOH
FWOOOM
UH...
FWO
?
OH
POURQUOI...
... JE SOIGNE CETTE MIOCHE ?
PAT

FWOO
C'EST TOI QUI M'AS FORCÉ À UTILISER MON POUVOIR.
BROOO

HIK
QUOI ?!!
TU AS SURVÉ-CU ?!!
URGH !
CRIC
?!
?!
ZOO OON
HNGH
MES JAMBES NE BOUGENT PLUS ?!
ORDER !

ZON
GIH !
BIND DOMINATOR, LE MAÎTRE AUX ENTRAVES !!!
ZUOON

?!
C'EST QUOI CE TRUC AU SOL ?!
OH
FWOO
URGH
C'EST MON TERRITOIRE.
TON TERRITOIRE ?!
HNGH
DÉSORMAIS, TU ES SOUS MA DOMINATION.

JE SUPPOSE QUE TU N'ES PAS LA SEULE À CONNAÎTRE LA VÉRITÉ SUR MOI.
JE NE SAIS PAS QUI VOUS ÊTES...
... MAIS SI VOUS VOULEZ MA MORT, JE SERAI OBLIGÉ DE ME DÉFENDRE.
C'EST DE CET ENDROIT ...
... QUE JE VAIS COMMENCER À CHANGER LE MONDE !

MON POUVOIR EST...
GIH GIH ... GIH ...
... L'ACCROIS-SEMENT DE MON TERRITOIRE !
WOOH

JE VAIS DEVENIR MAÎTRE DU MONDE !
WOOH

GIH ... GIH ...
GIH GIH
GIH GIH ... GIH GIH GIH !
RIN KURENAI ...
FWOH
POUR COMMENCER, JE VAIS TE SOUMETTRE !

Sujet 1 : FIN

LE RESPONSABLE DE LA GRANDE DESTRUCTION QUI A EU LIEU IL Y A DIX ANS...
... C'EST MOI.
À CAUSE DE ÇA, L'OPÉRATION DE MA PETITE SŒUR N'A PAS PU SE FAIRE À TOKYO...
... ET NOUS AVONS DÉMÉNAGÉ À KYUSHU OÙ MON ONCLE DIRIGE UN HÔPITAL.
CEPENDANT, SENA NE POUVAIT PAS Y RECEVOIR DE TRAITEMENT CONVENABLE.
TOUT ÇA PAR MA FAUTE...
MERDE !

EIJI ...
... HOSHI-MIYAA-AAAA !!!
VOILÀ POURQUOI JE NE VOULAIS PLUS UTILI-SER MON POUVOIR !
FWOOOH
FWO

GIH GIH
ÇA, C'EST MON ORDER : BIND DOMINATOR.
SI JE DEVAIS LE DÉFINIR, JE CROIS QUE JE DIRAIS...
... QUE C'EST LE POUVOIR DE CONTRÔLER TOUT CE QUI EST SUR MON TERRITOIRE.
ZYEUT
Y A AUSSI UNE ESPÈCE DE MONSTRE AVEC...
GIH GIH ...
PEU IMPORTE, JE DOIS M'EN SERVIR POUR ME DÉBARRASSER DE RIN...
BON... JE FAIS QUOI ? JE LUI DONNE UN ORDRE ?
?
HIN ...
HIN, HIN ...

J'AI UNE TÊTE...
... À ME SOUMETTRE À TOI ?!!
TCHIK
MER-DE !
SE-NAAA !
QUE ...
FLASH
UNE GRENADE ?!

Sujet 2 : "DOMINANT ET DOMINÉ"
Lieu : AMAKUSA
BOU
UUUM

ESPACE AÉRIEN DE KUMAMOTO
FLAP FLAP
FLAP FLAP FLAP
JE VOIS...
COMME JE LE CRAIGNAIS, LE SOUS-LIEUTENANT KURENAI A ABANDONNÉ SA MISSION DE RECONNAISSANCE.
LOIN DE L'OBSERVER, ELLE ESSAYE DE LE TUER...
C'EST BIEN DOMMAGE.
FLAP FLAP FLAP
FLAP

TOUT ABANDON DE MISSION EST SÉVÈREMENT PUNI.
FLAP FLAP
LIEUTENANT FRAN, NOUS SERONS BIENTÔT À AMAKUSA.
BIEN, DÉPÊCHEZ-VOUS.
TIC TIC
JE NE VOUDRAIS PAS FAIRE ATTENDRE L'ANCIEN MAÎTRE DU MONDE.
TIC
TIC
TIC

KRRLLL
...
CETTE RIN KURENAI...
ELLE S'EST FAIT SAUTER POUR DE BON !
FWOH
C'EST UNE ORDER IMMORTELLE, ELLE NE VA PAS TARDER À REVENIR.
JE M'EN DOUTAIS, JE DOIS L'ABATTRE ...
HNGH ...

EIJI ?
...
OUF
SENA...
QU'EST-CE QUI M'EST ARRIVÉ ?
JE NE COMPRENDS RIEN...
OH... ÉCOUTE...
ON VEUT TE TUER ?
DIRECTION

L'HÔPITAL A ÉTÉ PRIS D'ASSAUT PAR DES HOMMES ARMÉS.
ON ESSAYE DE S'ENFUIR.
SHHHH
PAS DE MÉDECINS NI DE PATIENTS ...
ON LES A TRANSFÉRÉS AILLEURS ?

EIJI, NE ME LAISSE PAS SEULE.
J'AI UN TRÈS MAUVAIS PRESSENTIMENT.
TOUT VA BIEN SE PASSER.
ATTENDS-MOI ICI.
RIN KURENAI N'EST PAS SUR MON TERRITOIRE.
JE PEUX LE SENTIR.

LE SOL QUE JE FOULE PASSE SOUS MA DOMINATION.
LE MÊME POUVOIR QUE LE RANGER DU MAL.
NOR-MALEMENT, JE DEVRAIS POUVOIR CONTRÔLER TOUT CE QUI EST SUR MON TERRITOIRE. PERSONNES ET OBJETS.
ORDER !
TONK
"FLOTTE, LIVRE" !
WISH
DONC, LES LOIS DE LA PHYSIQUE NE S'AP-PLIQUENT PAS...

MA SEULE ARME, C'EST CET ORDER.
COMMENT JE PEUX M'EN SERVIR POUR L'ABATTRE ?
MÊME SI J'ARRIVE À L'ATTIRER LÀ OÙ J'AURAI L'AVANTAGE ...
LES SOLDATS D'EN BAS...

EIIIJIII
...
FV

FWOOOH
... HOSHI-MIYAA-AAA !! !!!!
FWOOH
JE TE RE-TROUVE ENFIN, EIJI HOSHI-MIYA !
T'AS OSÉ ME TUER UNE SECONDE FOIS !
CET UNI-FORME... C'EST BIEN UN SOLDAT...

MAIS ÇA GÂCHE RIEN !
ICI ET MAINTE-NANT !
PSHUUU
JE VAIS POUVOIR BALAYER DIX ANS DE SOUFFRAN-CE ET DE HAINE !
BOBOW
...
ÇA Y EST !

SWIR GNFUURE!
SH
MEUUUUURS!
!
TCHAC
BOM
ORDER !!!
BIND DOMI-NATOR !

KLONG
KLONG
KLONG
KLONG
QUOI ?!!
IL AVAIT DÉJÀ FAIT DU PARKING SON TERRITOIRE ?!

SHRIIIK
URGH
...
LA...
LA VERMINE ...
IL PREND ...

... LES VOITURES QUI SE TROUVENT SUR SON TERRITOIRE POUR ME LES BALANCER DESSUS !!!

HO-SHI-MIYA-AAA!!!
INCROYABLE. MALGRÉ TOUT ÇA, ELLE RESTE HORS DE MON TERRITOIRE.
MAIS...

... LE VRAI SPECTACLE ATTEND À LA SORTIE.
LES SIX SOLDATS !
ILS SONT DÉJÀ TOUS SUR MON TERRITOIRE ET SOUS MON CONTRÔLE.
LA TUER ?
C'EST SÛR, EUX VONT POUVOIR LA TUER...

JE TE RECONNAIS BIEN LÀ ! LE DÉMON QUI A DÉTRUIT LE MONDE !!!
IL Y A DIX ANS, J'AI CAUSÉ UNE HÉCATOMBE... J'AI TUÉ ET J'AI BLESSÉ...
DEPUIS, JE L'AI CACHÉ À SENA ET À TOUT LE MONDE...
JE VOULAIS DEVENIR UN HÉROS.
MAIS J'AI ÉCHOUÉ.

JE SUIS EN TRAIN DE FAIRE N'IMPORTE QUOI !
JE NE VEUX PAS DEVENIR MAÎTRE DU MONDE POUR FAIRE DU MAL AUX GENS !
MAL
!

SORTIE
JE VOIS. TU AS DÉJÀ MIS MES HOMMES SOUS TON JOUG.
ABRUTI !
JE ME FICHE DES BALLES OU DE TON TERRITOIRE.
JE VAIS ME REFAIRE PÉTER AVEC...

OR-
DER
!

DES BOU-CLIERS ?!!
BLAM
BLAM
BLAM
"IMMO-BILISEZ RIN KURENAI" !
SLASH

FWOH
SOP
ORDER !
"SUPPRESSION DE LA GRENADE" !
COM...
RIN KURENAI ...
JE NE TE LAISSERAI PAS MOURIR.
BOUM

DÉSOLÉ, JE VAIS ÊTRE UN PEU VIOLENT.
CE CLOU ET CE CÂBLE MARQUENT MA DOMINATION SUR L'OBJET DANS LEQUEL ILS SONT PLANTÉS.
UNE FOIS PLANTÉS, ILS NE PEUVENT ÊTRE RETI-RÉS QU'EN QUITTANT MON TERRITOIRE.
JE CROIS...

ORDER !
SCH
LAH
BIND DOMINATOR !
RIN KURENAI, CECI EST UN ORDRE !
"TU RESTERAS TOUTE TA VIE À L'INTÉRIEUR DE MON TERRITOIRE" !
SCH
LAH
!
"TU NE FERAS DE MAL NI À SENA, NI À MOI" !
OUH...

JE SUIS DEVENUE IMMORTELLE SPÉCIALEMENT POUR CE JOUR ET...
PLIC
PLOC
PLIC
... JE ME RETROUVE HUMILIÉE...
SNIF...
...
J'Y PENSAIS PLUS, MAIS J'ÉTAIS AMOUREUX D'ELLE...
LA VIE PEUT TE RÉSERVER DU BON.
UN HOMME SANS SCRUPULES DIRAIT : "TU SERAS MA COMPAGNE POUR LA VIE."

SCH
LAH

...
HEIN ?!
MAIS ...
MAIS NON !
C'ÉTAIT UN EXEMPLE !
GIH ?
EN RESTANT À TES CÔTÉS...
... J'AURAI PEUT-ÊTRE UNE CHANCE DE TE TUER.

JE N'AI PAS D'EXPÉRIENCE EN LA MATIÈRE, MAIS JE FERAI DE MON MIEUX.
J'AURAI TA PEAU !
ELLE A LES YEUX QUI CRIENT "MEURTRE".
JE VIENS DE ME FAIRE UNE SACRÉE CAMARADE ...

LA RECONNAIS-SANCE VOUS AURAIT MIEUX CONVENU.
TAP
TAP
SOUS-LIEUTENANT KURENAI.
TIC
TAC
TAP
TAP
UN OR...

SCHLIK
SCHLIK
SCHLIK
ORDER
!!!

VLA!
CHRONOGRAPH CALIBER, L'HORLOGE ULTIME !!!
QUOI ?!!
EN UN INSTANT, IL A PÉNÉTRÉ MON TERRITOIRE ??!!
JE SUIS LE LIEUTENANT ABRAHAM LOUIS FRAN.

JE VOUS INVITE TOUS DEUX...
... AU PALAIS GOUVERNEMENTAL DE DAZAIFU.
PISH
SENA ?!!
C'EST MOI.
FWOOOH
FWOH
KYUSHU, DAZAIFU
PALAIS GOUVERNEMENTAL
DE DAZAIFU

LE LIEUTENANT FRAN EST ENTRÉ EN CONTACT AVEC EIJI HOSHIMIYA.
MATT
CONFIER UNE MISSION AUSSI IMPORTANTE À CE GAMIN, TSSS...
CERTES, MAIS C'ÉTAIT LE PLUS QUALIFIÉ.
CÔTÉ ORDER DU MOINS. ♪

OM
SALE GOSSE...
♪
ORGANE D'ADMINISTRATION TEMPORAIRE DE L'ONU CONSEIL DE TUTELLE DE KYUSHU

CONTINUE.
Prochain lieu : DAZAIFU
Sujet 2 : FIN

BIG
ORDER

EIJI HOSHIMIYA.
BAFF
JE T'INVITE À VENIR AU PALAIS GOUVERNE-MENTAL DE DAZAIFU.
LÂCHE MA...
SBAM
?!!
IL A RECOMME-NCÉ...
BOM
MAIS QUEL EST...
... SON POUVOIR ?!

DIX ANS PLUS TÔT
MON PÈRE QUI AVAIT DÉJÀ DIVORCÉ...
... S'EST REMARIÉ À UNE FEMME DIVORCÉE ELLE AUSSI.
COMME JE NE N'ARRIVAIS PAS À ME RÉSOUDRE À L'APPELER "MAMAN"...
... JE PRÉFÉRAIS L'IGNORER.
C'EST POURQUOI CE JOUR-LÀ, JE NE MONTRAI PAS BEAU-COUP PLUS D'INTÉRÊT...

... À LA FILLE QUI L'ACCOMPAGNAIT.
ELLE S'APPELAIT SENA.

PALAIS GOUVERNEMENTAL DE DAZAIFU
FWO O OOM
LE PALAIS GOUVERNE-MENTAL DE DAZAIFU EST UN BÂTIMENT QUI A EXISTÉ JUSQU'AU 12E SIÈCLE.
SA REPRODUCTION EST AUJOUR-D'HUI UTILISÉE COMME BASE DE CONTRÔLE DE KYUSHU PAR L'ORGANE D'ADMINISTRATION TEMPORAIRE DE L'ONU.
Sujet 3 : "LA SOURCE AUX VŒUX"
Lieu : DAZAIFU

INSTALLATIONS SOUTERRAINES
FWOOOH
SENA !
SENA !
FWOOM
ZONE INTERDITE

ZONE DE DÉTENTION SPÉCIALE
BROOOOOOM
SENAAA !!!

FRRSSH
FRRSSH
HNGH !
FAIT CHIER !
AVEC LES YEUX BANDÉS, IMPOSSIBLE DE SAVOIR OÙ JE SUIS... ET PAS MOYEN DE DONNER UN ORDRE AVEC CE BÂILLON...
QU'EST-CE QUI SE PASSE ?! JE ME RAPPELLE AVOIR PERDU CONNAIS-SANCE...
OÙ EST-CE QUE JE SUIS ?!
WHIFF
!

BOUH !
!!!
MMH!
RIN ?!
ILS T'ONT BIEN FICELÉ, DIS-MOI.
JE VAIS T'ENLEVER ÇA.
HEIN ?!
PFOUAH!

OÙ EST SENA ?!
HÉ, C'EST TOUT CE QUE TU TROUVES À DIRE ?
ELLE EST AUSSI RETENUE DANS LE PALAIS GOUVERNEMENTAL.
???
C'EST QUOI, LE PALAIS GOUVERNEMENTAL ?
D'AILLEURS, ILS M'ONT ENFERMÉE À CÔTÉ, MOI AUSSI.
RIN
EIJI
ILS M'ONT CASSÉ LES OREILLES AVEC LEURS HISTOIRES D'INSUBORDINATION...
TU COMPRENDS PAS CE QUI SE PASSE, HEIN ?

ON EST PARTIS POUR UNE ÉVASION, TOI ET MOI.
HIRK
HIRK HIRK
!
ARGH
URGH
QUE...
QU'EST-CE QUE T'AS FAIT ?!
ILS SONT PAS MORTS, JE LES AI SIMPLEMENT ENVOYÉS AU PAYS DES RÊVES.
JE NE VAIS LAISSER PERSONNE D'AUTRE QUE MOI TE TUER.
OH QUE NON !
MOUAH HA HA

ELLE... ELLE EST COMPLÈTEMENT BARGE...
ELLE EST DANS LEUR CAMP, NON ?
FWOOSH
ORDER !
REVERSE FIRE !
BRONG
RECONSTRUCTION DU COUTEAU !
AU MOINS COMME ÇA...
BRONG
... JE VAIS POUVOIR ALLER SAUVER SENA...

SLASH !
NUH ?!
BRR BRR
DOMMAGE. MAIS JE M'Y ATTENDAIS ...
SCHLAK
JE NE PEUX PAS ME REBELLER CONTRE TES ORDRES.

1RE RÈGLE : JE NE DOIS PAS SORTIR DE TON TERRITOIRE.
CRIK
2E RÈGLE : JE NE DOIS PAS BLESSER EIJI HOSHIMIYA OU SA SŒUR.
CRIK
CETTE FILLE...
KLANG
... MAIS C'EST UN ENNEMI QUI A VOULU NOUS TUER..
... SENA ET MOI !
ALLEZ, ON Y VA ?
C'EST VRAI... JE ME SUIS RELÂCHÉ UN INSTANT...

ABRAHAM LOUIS FRAN...
L'ORDER CAPABLE D'ARRÊTER LE TEMPS ?
BWAWAWA
SI MA MÉMOIRE EST BONNE, SON VŒU ÉTAIT DE POUVOIR PROTÉGER UNE CERTAINE PERSONNE MÊME SI LE TEMPS DEVAIT S'ARRÊTER.
OUAIS, JE CROIS BIEN.
EIJI N'EST SÛREMENT PAS CAPABLE DE LE VAINCRE À L'HEURE ACTUELLE.
COMMENT ÇA... "À L'HEURE ACTUELLE" ?

IL Y AURAIT UN MOYEN DE GAGNER...
... MAIS ÇA NE SERA PAS FACILE.
MIND SET
TU ME DONNES UN INDICE ?
SI TU VEUX...
EFFORTS - AMITIÉ - VICTOIRE.
GLANG
...
HÉ !
GLANG

SQUIIZZ
ON EST VRAIMENT OBLIGÉS DE PASSER PAR LÀ ?
LA SÉCURITÉ A PAS L'AIR AFFOLÉE... MAIS JE PENSE QU'ON EST GRILLÉS.
ON PEUT PAS SE BALADER DANS LES COULOIRS.
MAIS ÇA VEUT PAS DIRE QU'ON DOIT...
NON... C'EST LOUCHE...
OH OH ?
HIN HIN...

POUR L'INSTANT, SON UNIQUE PRÉOCCUPATION EST DE S'ÉVADER...
HU HU HU
WOOOH
... MAIS ÉVIDEMMENT, J'AI UNE AUTRE RAISON DE LUI FAIRE PRENDRE LES CONDUITS.
ZUIP
CRÈVE !!!
JE NE PEUX PEUT-ÊTRE PAS TE TUER "DIRECTEMENT"...
CLIC
QUOI ?!!
BANG
BING DANG
... MAIS QU'EST-CE QUE TU PEUX FAIRE CONTRE UN RICOCHET ?

TOK
SH
...
... PARDON ?
HEP !
QU'EST-CE QUE TU FOUS ?
BIFF BIFF BIFF
C'EST ÉTROIT ICI, FAIS GAFFE UN PEU !
BIFF BIFF BIFF
OU... OUI ! J'AI CRU VOIR UN ENNEMI DERRIÈRE.
ELLE MENT, C'EST CLAIR...
HA HA

FWOOOSH
TOUT À L'HEURE, JE ME SUIS TROP REPOSÉE SUR LA CHANCE.
MAIS LA PROCHAINE SERA LA BONNE !
ALLEZ...
ELLE A ENCORE UNE IDÉE DERRIÈRE LA TÊTE...
FWOOOH
FWOOH
!
HIN HIN...
OUPS
J'AI FAIT EXPRÈS DE T'INDI-QUER UN CHEMIN DANGE-REUX.
ALORS ? UNE CHUTE DE CETTE HAUTEUR, C'EST LA MORT ASSURÉE !

50
J'AI CRU QUE J'ALLAIS MOURIR !
EIJI L'A RAMENÉE
NON, NON, T'ES BIEN MORTE.

HURK
...
DIS-MOI...
JE SAIS QUE JE SUIS MAL PLACÉ POUR DIRE ÇA, MAIS...
... TU NE VEUX PAS RENONCER À ME TUER ?
SI JE TE RETIENS COMME ÇA DANS MON TERRITOIRE ...
... C'EST PARCE QUE JE NE PEUX RIEN FAIRE CONTRE UN ASSASSIN IMMORTEL.
SI TU RENONCES...
!
EIJI...

ÇA VA ÊTRE UNE BATAILLE DE LONGUE HALEINE...
... ALORS AUTANT LAISSER TOMBER LES FOR-MALITÉS.
EIJI. ♡
POF
QUE...
HÉ !
MAIS AU FAIT...
... TA 3E RÈGLE ÉTAIT : "JE SERAI TA COMPAGNE POUR LA VIE", PAS VRAI ?

SEULE-
MENT...
... JE NE TE LAISSERAI PAS LE CONTRÔLE DE MON CŒUR.
GRROOAA

FWOOH
UNE FOURCHE ...
FWOOOH
MON PROFES-SEUR...
... DISAIT QUE LES ORDERS PASSAIENT LEUR TEMPS À S'AFFRONTER.
IL A RAISON.
UN MONDE OÙ LES VŒUX DE TOUS SERAIENT EXAUCÉS ? C'EST UNE HÉRÉSIE.
GRIP
VRAIMENT ?

FWOOOOOH
À GAUCHE...
... C'EST UNE SORTIE QUI NOUS CONDUIRA À L'EXTÉRIEUR DU BÂTIMENT.
À DROITE, C'EST LE CENTRE DU PALAIS.
TA SŒUR DOIT ÊTRE LÀ-BAS.
JE CROIS TE L'AVOIR DIT.
C'EST MOI QUI TE TUERAI.

BAFF
JE VAIS SAUVER SENA !
IMBÉCILE !
TU VEUX TE SUICIDER ?!!
FRAN EST LÀ-BAS AUSSI !
TU PARLAIS DE RENONCER ? RENONCE À ELLE, TOI !
JE NE PEUX PAS.
C'EST LE VŒU DE SENA !
SENA HOSHIMIYA

RETOUR IL Y A DIX ANS
TU NE VEUX TOUJOURS PAS APPELER MA MÈRE...
MAMAN ?
PAS LA PEINE...
ÇA MARCHERA PAS CETTE FOIS NON PLUS.
MAIS TU SAIS...
EN PENSANT DE CETTE FAÇON...
... TU T'ÉPARGNES UNE DÉCEPTION SI ÇA NE FONCTIONNE PAS.
FLAP

MOI, JE SUIS TRÈS HEUREUSE D'AVOIR UN GRAND FRÈRE !
JE VOUDRAIS QU'ON SOIT TOUJOURS ENSEMBLE.

DIS, C'EST QUOI CES MARQUES SUR TON CALEN- C'EST DRIER ? PAS LE JOUR DE TON OPÉRATION...
ÇA ?
CE SONT TOUS LES JOURS OÙ TU ES VENU !
JE VEUX LAISSER UNE MARQUE SUR TOUS LES BONS JOURS.
...
SENA PASSAIT TOUTES SES JOURNÉES DANS SA CHAMBRE D'HÔPITAL.
QUANT À MOI...
... JE VENAIS LA VOIR UNIQUEMENT PARCE QUE JE NE SUPPORTAIS PAS LA MAISON. ET POURTANT...
À L'ÉPOQUE, J'ÉTAIS FAN DE LA SÉRIE TÉLÉ LE RANGER DU MAL.

MAIS MON VŒU DE DEVENIR MAÎTRE DU MONDE A ÉCHAPPÉ À MON CONTRÔLE ...
PAPA...
MA...
MAMAN !
... ET J'AI TOUT DÉTRUIT.

FAIT CHIER...
DIRE QUE ÇA Y ÉTAIT PRESQUE...
JE N'AVAIS PLUS QU'À LE CACHER UN TOUT PETIT MOMENT...
MAIS IL A FALLU QUE VOUS DÉBARQUIEZ ...
GRRR
... POUR VENIR TOUT GÂCHER !
TU PENSAIS QU'ON ALLAIT TE PERMETTRE ...
... DE T'EN TIRER ALORS QUE TU AS TUÉ TOUS CES GENS ?!!

ÇA N'A RIEN À VOIR !
FWOOOH

FWOOOH
FWOOH
JE VOULAIS SIMPLEMENT...
... CONTINUER À TOUT CACHER ET À JOUER AU GRAND FRÈRE POUR SENA ENCORE UN PEU.
C'EST TOUT.
?!
ENCORE QUELQUES MOIS...

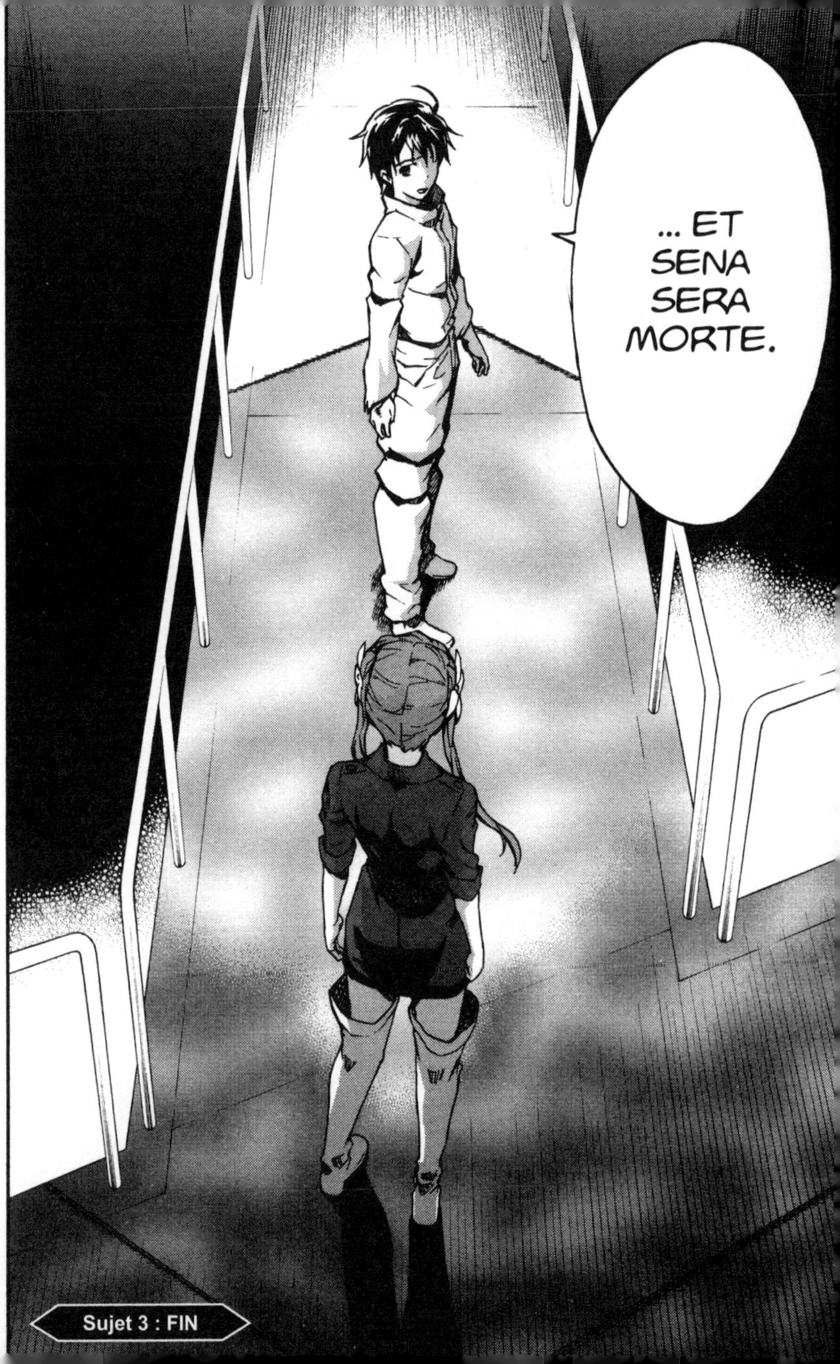
... ET SENA SERA MORTE.
Sujet 3 : FIN

SENA ...
... A UNE MALADIE DU SANG ...
... ET N'A PLUS QUE SIX MOIS À VIVRE SELON LES MÉDECINS !
PALAIS GOUVERNEMENTAL DE DAZAIFU COULOIRS
FWOOOOH
WOH ...

OR-DEEEER !!!
GRAO
"AU LIT LES SOUS-FIFRES" !!!
OUH
BOM
FSSHHH
EIJI, STOP ! JE T'AI DIT QUE C'ÉTAIT LE CŒUR DU PALAIS !
TU VEUX MOURIR ?!!

QU'EST-CE QUE ÇA ME FAIT ?
SECOURIR SENA EST PRIORITAIRE !
IRRÉCUPÉRABLE...
!
FRAN A LE POUVOIR D'ARRÊTER LE TEMPS.
C'EST POUR ÇA QU'IL PEUT PÉNÉTRER INSTANTANÉMENT TON TERRITOIRE.
TOUTEFOIS...
... J'AI ENTENDU DIRE QU'IL NE POUVAIT ARRÊTER LE TEMPS QUE DE TROIS CORPS AU MAXIMUM.
SI JE T'AIDE, ON DEVRAIT POUVOIR RÉUSSIR QUELQUE CHOSE.

QU'EST-CE QUE TU Y GAGNES ? C'EST PAS COMME ÇA QUE JE TE PARDONNERAI D'AVOIR POIGNARDÉ SENA !
JE VEUX PAS ME FAIRE PARDONNER. JE N'AI SIMPLEMENT PAS ENVIE QUE TU MEURES.
DONC... TU VAS M'AIDER...
JE PEUX PAS BAISSER MA GARDE.
C'EST MOI QUI TE TUERAI, EIJI.
TU TE SOUVIENS ?
SMILE
À LA PREMIÈRE ERREUR, JE TE BUTE !
EXACTE-MENT.
HU HU HU

EIJI ! C'EST JUSTE DEVANT !
ZUN ZUN
OK !!!
BOM
GIH !
SHTOK
SHTOK
ORDER ! "PORTE, OUVRE-TOI" !

SE-
NAA
AAA
!!!
Sujet 4 : "LA DESTINÉE D'UN MONDE EN PLEIN ESSOR"
Lieu : DAZAIFU

EIJI HOSHIMIYA.
TU AS UNE MINUTE DE RETARD PAR RAPPORT À MON ESTIMATION.
JE L'AI RETROUVÉE !
IL EST ENCORE LÀ, LUI ?!!
ON S'EN TAPE !
SHLING

WO
OF
HMPF ...
TROIS GRENADES.
BIEN JOUÉ, RIN !
AVEC ÇA, IL DEVRA MOBILISER TOUT SON POUVOIR !

MOI, JE N'AI PLUS QU'À FONCER TOUT DROIT...
... ET À LE PRENDRE DANS MON TERRITOIRE !
BEAU JUGEMENT...
... ET BELLE RÉACTIVITÉ...
MAIS...
... IL VOUS MANQUE QUELQUE CHOSE DE CAPITAL !
DASH
?!
IL S'EST ÉLANCÉ LUI AUSSI ?!!

SBI
IFF
L'EXPÉ-
RIENCE !
QUOI
?!!
IL LES
A TOUTES
ATTRAPÉES
POUR LES
RELANCER
?!
OH NON !
ELLES VONT
EXPLOSER !

SI EIJI LES PREND DANS SON TERRITOIRE...
... IL PEUT EMPÊCHER L'EXPLOSION EN STOPPANT LA RÉACTION CHIMIQUE.
MAIS DANS CE CAS...
... FRAN ARRÊTERA LE TEMPS POUR EIJI !
QUI VA ARRÊTER L'EXPLOSION EN PREMIER ? EIJI ? OU BIEN FRAN ?
QUI VA PLIER LE PREMIER ?!!

BADAM
IL NE LES ARRÊTE PAS ?!
EIJI ! TU VEUX MOURIR ?!!

ON N'A PAS DE PLAN DE RECHANGE.
J'AI TOUT MISÉ LÀ-DESSUS !
RIEN À FAIRE DE CREVER !!!
TU ME PLAIS, TOI !

OM
ORDER!

BRO
!!!
SLEEPING SHEEP, LA TRÊVE ARBITRALE !!!
VOUS DEUX !
?!
FREEZ
CESSEZ SUR-LE-CHAMP !
!
FREEZ
JE VOUS INTERDIS DE POURSUIVRE LE COMBAT !!!
QUE...
YAH

J'AI FAIT LE VŒU DE LA PAIX !
MON SLEEPING SHEEP ME PERMET DE METTRE UN TERME À TOUS LES ACTES DE VIOLENCE.
DÉCEMVIRAT DU PALAIS GOUVERNEMENTAL DE DAZAIFU PREMIÈRE MAIN RAIDÔ FUWA

SHOOO

?!!
ZO
OOUN
ZAT
ZAT
TAP
QUE...
TAP
QUI SONT-ILS ?!

HMM
C'EST TOI EIJI HOSHIMIYA ?
JE SUIS BENKEI NARUKAMI, JE FAIS PARTIE DU DÉCEMVIRAT.
DÉCEMVIRAT SECONDE MAIN BENKEI NARUKAMI
NE TENTE RIEN !
LE DÉCEMVIRAT EST L'ÉLITE DU PALAIS DE DAZAIFU.
CE SONT TOUS DES ORDERS.
DES ORDERS ?!
CRIC CRAC
FWOP
!

CLAP
CLAP
CLAP
CLAP
CLAP
CLAP
EIJI HOSHIMIYA, ...
TU AS RÉUSSI TON TEST !
HOUR
RA

CLAP
CLAP
CLAP
CLAP
CLAP
?!
EH BIEN ! JE NE M'ATTENDAIS PAS DU TOUT À CE QU'IL SE DÉFENDE AUSSI BIEN.
YAHOU
OUAIS
TU VOIS ?
ÇA T'APPRENDRA À DOUTER DE MON INSTINCT !
? ?
QUE... QUOI ?!
OUAIS
YEAH
OH !
MAIS OUI, PARDON...
PAR ICI, JE VOUS PRIE.

FWOOOOH
SENA !
EIJI, VOTRE SŒUR, SENA...
... EST DÉJÀ SOUS L'EFFET DE LA STASE DU LIEUTENANT FRAN.
LA PROGRES-SION DE SA MALADIE EST ARRÊTÉE.
ELLE EST EN STASE ?!
CLIP
VOUS FAIRE DU MAL N'A JAMAIS ÉTÉ NOTRE INTENTION.

CE SONT LES ACTIONS SPONTANÉES DU SOUS-LIEUTENANT KURENAI QUI ONT CAUSÉ CE MALENTENDU.
HÉ ?!
STOP !
MAIS NOUS EN AVONS TOUT DE MÊME PROFITÉ POUR METTRE À L'ÉPREUVE VOS CAPACITÉS.
...
QU'EST-CE QUE ÇA VEUT DIRE ?
IL Y A DIX ANS ...
TAC

PALAIS GOUVERNEMENTAL DE DAZAIFU
... SUITE AUX DESTRUC-TIONS QUE VOUS AVEZ PROVOQUÉES ...
... LE JAPON A PERDU SA CAPACITÉ À SE GOUVERNER ET A ÉTÉ PLACÉ SOUS LE CONTRÔLE D'UN ORGANE ADMINISTRATIF TEMPORAIRE DES NATIONS UNIES.
ÉPICENTRE DE LA GRANDE
QUARTIER GÉNÉRAL DE L'
ADMINISTRATIF TEMPORAIRE
DE L'ONU
!
LE PALAIS GOUVERNE-MENTAL DE DAZAIFU EST EN CHARGE DE LA RÉGION DE KYUSHU.

CEPENDANT, CETTE DES-TRUCTION PEUT AUSSI ÊTRE VUE COMME LA GENÈSE D'UN NOUVEAU MONDE.

NOUS, LES ORDERS, FORMONS UN NOUVEL ORDRE DESTINÉ À GUIDER CE MONDE RECONSTRUIT.
POUR VOUS RETROUVER, EIJI...
... NOUS AVONS UTILISÉ LE POUVOIR DE DIVINATION D'IYO.
BWOM
DÉCEMVIRAT QUATRIÈME MAIN IYO
...
BON SANG, QU'EST-CE QU'IL RACONTE ?!
NOUS EN SOMMES DÉSOLÉS, MAIS NOUS AVONS ÉTÉ TÉMOINS DE VOTRE DÉTERMINATION À SAUVER VOTRE SŒUR.
NOUS VOULONS VOUS AIDER À BÂTIR UN NOUVEAU MONDE OÙ VOUS POURREZ VIVRE À SES CÔTÉS.
EN CONSÉQUENCE...
SWIK

KYUSHU S'EST PROCLAMÉ NATION INDÉPENDANTE !
SAGA

TATAM
?!!
NOUS AVONS INFORMÉ LE MONDE QUE VOUS ÉTIEZ À NOTRE TÊTE ET QUE VOUS LUI DÉCLARIEZ LA GUERRE.
EN CE MOMENT MÊME, LE QG DE TOKYO FAIT TOUT CE QU'IL PEUT POUR NOUS JOINDRE.
JE LES IGNORE, BIEN SÛR.
DÉCEMVIRAT CINQUIÈME MAIN TAIKEI NEHARA

AFIN DE VOUS PERMETTRE DE METTRE LE MONDE SOUS VOTRE COUPE...
FUKUOKA
YAMAGUCHI
... NOUS ALLONS PROGRESSER VERS TOKYO ET LE QG DE L'ADMINISTRATION DE L'ONU !

LA PREMIÈRE RÉGION À FAIRE TOMBER EST YAMAGUCHI, À L'EXTRÉMITÉ OUEST DE L'ÎLE DE HONSHU !
UNE DÉCLARATION DE GUERRE ?!!
GRRR ...
ZUIP ZUIP
LÂCHEZ-MOI !!!

...
QUE FEREZ-VOUS SI JE DÉCLINE VOTRE OFFRE ?!
C'EST VOTRE CHOIX.
TOUTEFOIS, VOUS VOUS RETROUVEREZ À DEVOIR VOUS BATTRE SEUL CONTRE LE MONDE ENTIER.
TAP
...
C'EST UNE MENACE ?!!
GRIP

FUA-
HA-
HA-
HA-
HA
!
JE SUIS DÉMAS-QUÉ !

AU COURS DE VOTRE CONQUÊTE DU MONDE, VOUS AVEZ DES CHANCES DE TROUVER UN ORDER QUI SAURA GUÉRIR VOTRE SŒUR.
DEUX CHOIX S'OFFRENT À VOUS : LE BON, VOUS DEVENEZ ROI DU NOUVEAU MONDE...
... LE MAUVAIS, VOUS DEVENEZ NOTRE PANTIN.
MA PROPOSITION ME SEMBLE SATISFAIRE LES DEUX PARTIES.
SA...
SA-LAUUUUD !!!
GRRR
BAFF

BIEN ! MON "ROI" !
ZAP
VOTRE DÉCISION ?
JE NE DEMANDAIS QU'À VIVRE TRANQUILLE-MENT AVEC SENA...
ET MAINTE-NANT...
TOUT EST...

SBAM
OR-
DEEEE
EER
!!!

"VOUS ÊTES TOUS SOUS MON CON-TRÔLE" !!!
À VOTRE SERVICE, MON ROI.
JE SUIS VOTRE CHEF D'ÉTAT-MAJOR, YOSHITSUNE HIIRAGI.
DÉCEMVIRAT TROISIÈME MAIN YOSHITSUNE HIIRAGI
EIJI HOSHI-MIYAA-AAA !!!

Prochain lieu : YAMAGUCHI

Sujet 4 : FIN

À SUIVRE...

EIJI HOSHIMIYA,
ROI DU NOUVEAU MONDE, PREND LA ROUTE POUR YAMAGUCHI.
RIN L'ACCOMPAGNE,
TOUJOURS AUSSI DÉTERMINÉE
À LE TUER...
LE DÉCEMVIRAT DU PALAIS GOUVERNEMENTAL DE DAZAIFU
MET ENFIN SON PLAN EN ŒUVRE !!!

MAIS LE MONDE VA RÉAGIR DE FAÇON INATTENDUE À LEUR DÉCLARATION DE GUERRE !

VOUS NE POURREZ JAMAIS DEVINER CE QUI VOUS ATTEND DANS LE VOLUME 2 !!!

POUVOIRS OCTROYÉS PAR DAISY

001

ON NOMME ORDERS LES PERSONNES QUI ONT VU LEUR VŒU EXAUCÉ SOUS FORME DE POUVOIR SURNATUREL PAR LA MYSTÉRIEUSE DAISY. ON EN COMPTERAIT PLUS DE DEUX MILLE DANS LE MONDE ET CE NOMBRE EST EN CONSTANTE AUGMENTATION.

LE MAÎTRE AUX ENTRAVES

[BIND DOMINATOR]

ORDER EIJI HOSHIMIYA

VŒU DEVENIR MAÎTRE DU MONDE

POUVOIR CONTRÔLE PHYSIQUE DE TOUT CE QUI EST SUR SON TERRITOIRE

POUVOIR DE DOMINATION PHYSIQUE SUR TOUT - PERSONNES, OBJETS, PHÉNOMÈNES - CE QUI SE TROUVE SUR LE TERRITOIRE DE L'UTILISATEUR. LES ENDROITS PAR LESQUELS EIJI PASSE DEVIENNENT SON TERRITOIRE ET TOUT CE QU'IL Y CROISE PEUT ÊTRE PLACÉ SOUS SON CONTRÔLE. EIJI DOIT FORMULER SES ORDRES À VOIX HAUTE ET LA PRISE DE CONTRÔLE EST EFFECTIVE UNE FOIS LE CLOU ET LE CÂBLE PLANTÉS DANS L'OBJET. LE CLOU-ORDRE PLANTÉ NE PEUT PAS ÊTRE RETIRÉ À MOINS DE SORTIR DE SON TERRITOIRE. TOUTEFOIS, LE CONTRÔLE EST UNIQUEMENT PHYSIQUE ET IL SEMBLE INEFFICACE SUR LES SENTIMENTS HUMAINS. DIX ANS PLUS TÔT, QUAND EIJI A OBTENU SON POUVOIR, CELUI-CI S'EST EMBALLÉ ET A PROVOQUÉ UNE IMMENSE VAGUE DE DESTRUCTION. ON NE SAIT PAS ENCORE CLAIREMENT COMMENT CELLE-CI S'EST DÉROULÉE.

002

LA FLAMME RÉGÉNÉRATRICE

[REVERSE FIRE]

ORDER RIN KURENAI

VŒU RENAÎTRE

POUVOIR IMMORTALITÉ ET RÉGÉNÉRATION

RIN S'EST RENDUE IMMORTELLE GRÂCE À SON PUISSANT POUVOIR DE RÉGÉNÉRATION. CELUI-CI EST EFFICACE SUR ELLE AINSI QUE SUR DES TIERS OU ENCORE DES OBJETS. CE POUVOIR AUTOMATISÉ S'APPLIQUE À L'ENTITÉ «RIN» DANS SON ENTIÈRETÉ. AINSI, ELLE PEUT RÉCUPÉRER DE N'IMPORTE QUELS DÉGÂTS MÊME SI SA TÊTE EST TOUCHÉE OU QUE SON CŒUR S'EST ARRÊTÉ. C'EST CE QUI LA REND TRÈS PROCHE DE L'IMMORTALITÉ VÉRITABLE. POUR ACCÉLÉRER SA RÉGÉNÉRATION OU SOIGNER LES BLESSURES D'UN TIERS, ELLE DOIT FAIRE APPEL VOCALEMENT À SON ORDER. TOUTEFOIS, ELLE NE SEMBLE PAS CAPABLE DE GUÉRIR LES BLESSURES ANCIENNES OU LES MALADIES. ON UTILISE SON POUVOIR POUR RÉPARER LES DESTRUCTIONS PHYSIQUES SURVENUES RÉCEMMENT.

LE JEU DE DUPES ENTRE POSSESSEURS DE CHRONOGRAPHES CONTINUE ! QU'EST-CE QUI LES ATTEND AU TERME DE CETTE ÉPREUVE DE SURVIE ORGANISÉE PAR LE MYSTÉRIEUX DEUS ?!!
MIRAI NIKKI

BIENVENUE DANS LE MONDE DE SAKAE ESUNO
EN VENTE ACTUELLEMENT :
MIRAI NIKKI - 12 VOLUMES
UN JEU MORTEL OÙ 12 PRESCIENTS S'AFFRONTENT !
MIRAI NIKKI MOSAIC
LE PREMIER SPIN-OFF RELATANT LA FOLLE ÉVASION DE MINÉNÉ URYÛ
MIRAI NIKKI PARADOX
QUE SE SERAIT-IL PASSÉ SI ARU AKISE AVAIT REÇU UN CHRONOGRAPHE À LA PLACE DE YUNO ?!
MIRAI NIKKI
LA SÉRIE AUX PLUS DE 4 MILLIONS DE TOMES VENDUS !
UNE SÉRIE À SUSPENSE DANS LAQUELLE PRENNENT VIE NOS LÉGENDES URBAINES !
HANAKO ET AUTRES LÉGENDES URBAINES
SÉRIE EN 4 VOLUMES

BIG ORDER 1

First published in Japan in 2011 by KADOKAWA SHOTEN Co., Ltd., Tokyo.
French translation rights arranged with KADOKAWA SHOTEN Co., Ltd., Tokyo
through TUTTLE-MORI AGENCY, INC., Tokyo.

www.casterman.com
www.sakka.info

ISBN : 978-2-203-07494-1

Imprimé en Italie par Legoprint. Dépôt légal : Août 2013 ; D. 2013/0053/387.